兒童文學叢書
·小詩人系列·

網一把星

葉維廉 著
朱美靜 繪

三民書局

詩心・童心

——出版的話

可曾想過，平日孩子最常說的話是什麼？

「媽！我今天中午要吃麥當勞哦！」「可不可以幫我買電視上廣告的那種電動玩具！」「我好想要百貨公司裡的那個洋娃娃！」

乍聽之下，好像孩子天生就是來討債的。然而，仔細想想，這些話的背後，絕不只是貪吃、好玩而已；其實每一個要求，都蘊藏著孩子心中追求的夢想——嚮往像童話故事中的公主般美麗、令人喜愛；嚮往像金剛戰神般的勇猛、無敵。

為了滿足孩子的願望，身為父母的只好竭盡所能的購買，但孩子們總是喜新厭舊，剛買的玩具，馬上又堆在架子上蒙塵了。為什麼呢？因為物質的給予終究有限，只有激發孩子源源不絕的創造力，才能使他們受用無窮。「給他一條魚，不如給他一根釣桿」，愛他，不是給他什麼，而是教他如何自己尋求！

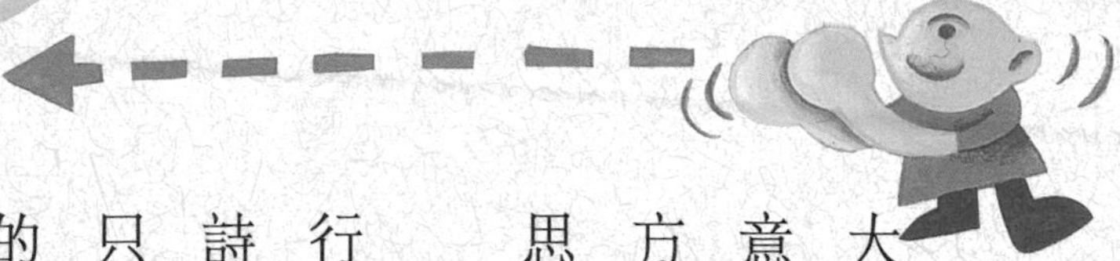
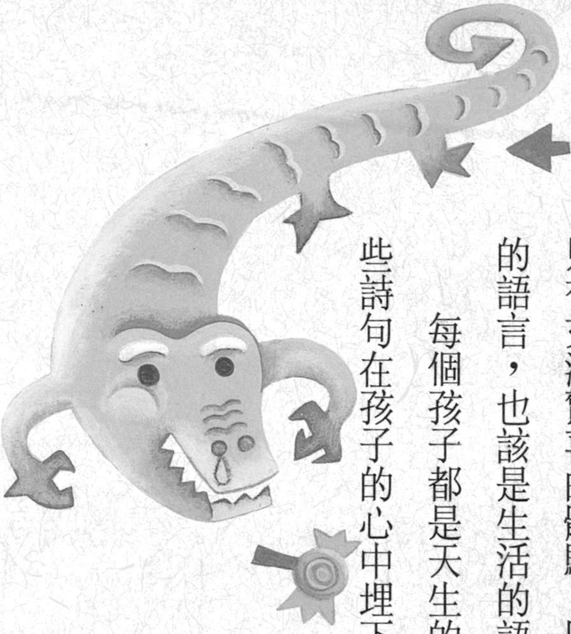

事實上，在每個小腦袋裡，都潛藏著無垠的想像力與無窮的爆發力。大人常會被孩子們千奇百怪的問題問得啞口無言；也常會因孩子們出奇不意的想法而啞然失笑；但這種不規則的邏輯卻是他們認識這個世界的最好方式。而詩歌中活潑的語言、奔放的想像空間，應是最能貼近他們跳躍的思考頻率了！

於是，我們出版了這套童詩，邀請國內外名詩人、畫家將孩子們天馬行空的想像，熔鑄成篇篇詩句；將孩子們的瑰麗夢想，彩繪成繽紛圖畫。詩中，沒有深奧的道理，只有再平常不過的周遭事物；沒有諄諄的說教，只有充滿驚喜的體驗。因為我們相信，能體會生活，方能創造生活，而詩的語言，也該是生活的語言。

每個孩子都是天生的詩人，每顆詩心也都孕育著無數的童心。就讓這些詩句在孩子的心中埋下想像的種子，伴隨著他們的夢想一同成長吧！

寫在前面

三十年前新做爸爸的時候便許下一個願：要給中國的孩子們一份禮物，找十來個詩人為孩子們寫一、二十本想像活躍、語言新鮮的童詩集，再找一些有心的畫家畫些活潑的插畫，獻給孩子們。

在我兩個孩子在美國成長的時期，每天晚上，我都為他們讀一些外國的童詩，其中有很多很多，想像空間非常廣闊，真是無阻無礙，有時讓音韻引路，連鎖放射出串串奇思妍境，有時讓意象連生，開出許多縱橫翔遊的樂趣。相對的，中國許多兒童讀物往往是鎖死在「如何做人」的寓言和歷史故事裡。

給孩子們一份禮物，是要救救那些被「填鴨子」教育卡得死死的孩子們。我們的教育從一開始便設有種種「框框」，訓以大義，兒童故事每以「孟母三遷」、「梁紅玉」之類硬要把他們裝在思想的「箱子」裡，把他們原有的活活潑潑的神思，飛躍的想像，心靈自由的空間減縮逐滅到蕩然無存，正如我在一篇散文裡說的：「走出箱子一樣的房間，脫下箱子一樣的鞋子……把身體從一個無形的罐頭裡抽出來……我們的身體仍然是一個箱子，因為我們的心靈也是一個方方正正的箱子。」

葉維廉

童詩系列的想法，正是要做個「在野黨」，不做「框框」的玩意兒，做「還其天真」、「還其心靈自由」的工作，引帶兒童作「橫越太空」之遊，重新激發他們一直擁有而被打壓下去的飛躍的想像。兒童之可愛，就是在加上文化的枷鎖之前，他們自由自在的跳舞和歌唱，進了學校，方之其方、正之其正之後，便不敢放懷跳舞，不敢放腔高歌。童詩系列的想法，正是要詩人們，利用他們想像和創作的經驗，如利用事件如畫的戲劇的演出，利用音樂音色和律動的推動，激發孩子們釋放潛藏在他們心中的奇思妙想，讓它們在心中腦中演出，讓他們能因之作神思的翔遊而帶動他們去發掘他們心中從未失去的詩的欲望和創作的潛力。

我的童詩集《樹媽媽》和《網一把星》就是這個構想下的嘗試，並希望更多的詩人和藝術家跟進，為孩子們打開更遼闊的藝術生活與經驗空間。

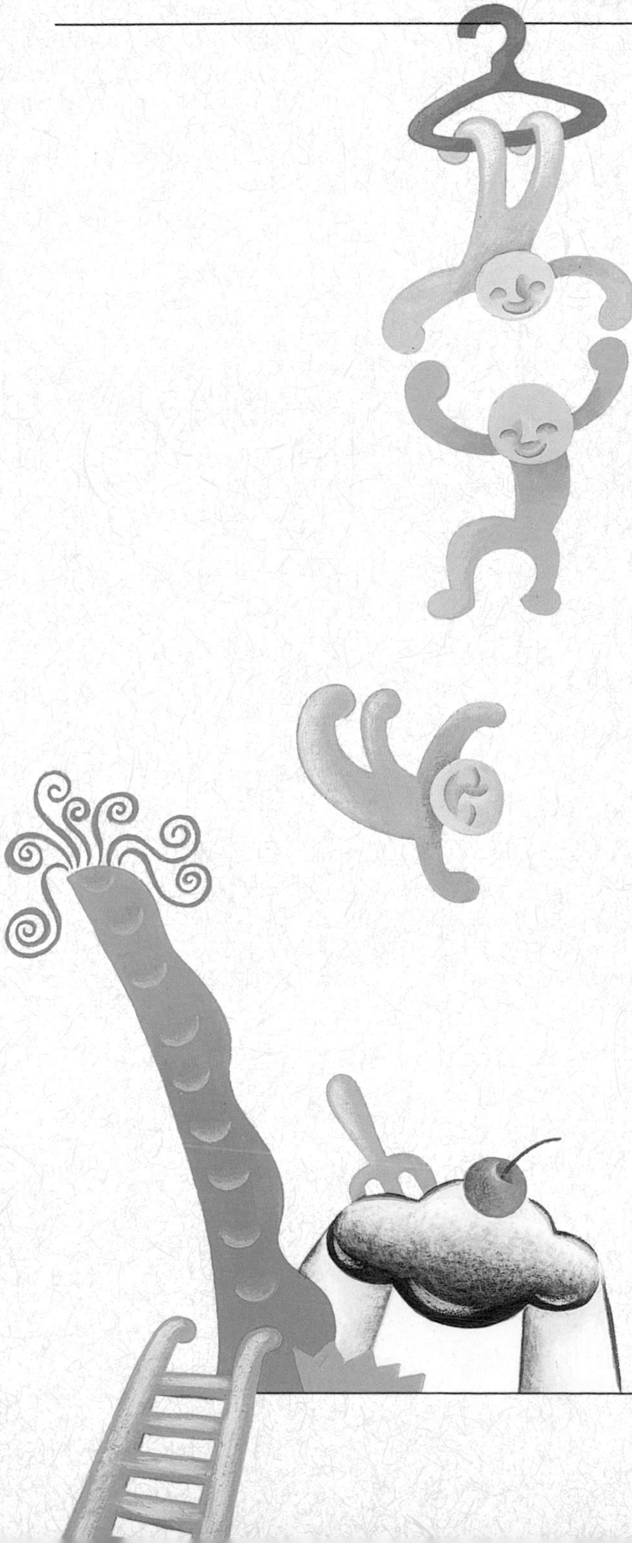

目次

網一把星

08—11 月光光照地堂的晚上
12—13 白鷺鷥夕陽
14—15 陽光花雨中旋舞的小姑娘
16—17 上午小調
18—19 小小的睡眠
20—23 無憂無慮的落湯雞
24—25 水田上

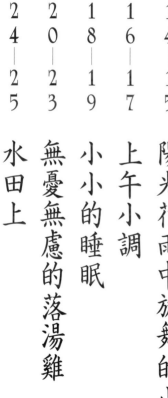

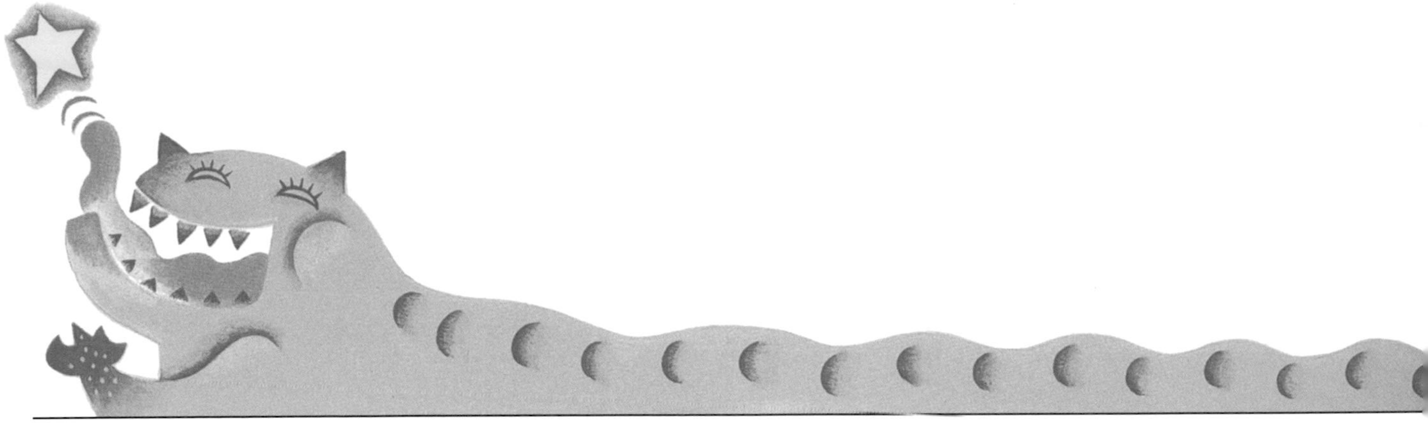

布匹 26—27

千千萬萬個小太陽 28—29

無聲的鳴唱 30—31

給我一塊大橡皮 32—33

什麼最大？ 34—37

弟弟的生日 38—39

溶溶的夕陽 40—41

夜的降臨 42—43

網星 44—45

一根扁擔——孩子們的城市之一 46—49

清清與純純的星期日——孩子們的城市之二 50—55

箭和靶——孩子們的城市之三 56—57

吸水的海綿 58—59

月光照地堂的晚上

月光光照地堂的晚上
媽媽打著毛線
爸爸彈著秦琴的晚上
蟋蟀唧唧唧唧織著催眠的音樂
螢火蟲水花火花那樣從樹頂散開的晚上
你和我
走到水邊
把手掌曲成號角
向靜寂中的夜鶯學叫
等牠們的回應
從對岸飄過來

你和我
躲在乾稻草堆後面
講些越講越怕的鬼故事
模仿些大人的奇言怪語
然後躺在冷冷的土地上
在夜空裡尋找自己的命運星
找著找著
一直等到

爸爸媽媽尋找了我們很久
呼叫了很久
呼叫得都要急瘋了
你和我
才「嘩」的一聲衝出來
幾乎把驚喜中的爸爸媽媽嚇倒
在月光光照地堂的晚上

每一個省份都有一首
相似而又不盡同的
「月光光」的兒歌，
媽媽有唱給你聽嗎？
作者寫月光光照地堂的晚上的
一些回憶，
你在這樣的一個晚上
玩些什麼遊戲呢？

白鷺鷥夕陽

一隻白鷺鷥
又一隻白鷺鷥
又一隻白鷺鷥
又一隻白鷺鷥
十隻白鷺鷥
一百隻白鷺鷥
一千隻白鷺鷥
一萬隻白鷺鷥
點點飛揚的白光
忽上忽下的音符

靜靜地
靜靜地
為你
為我
演奏一曲夕陽

作者用了畫和電影的視覺效果
捕捉白鷺鷥與夕陽的景象，
你覺得除了視覺之外，
還有什麼其他的效果？
閉上眼睛沉思沉思看看。

陽光花雨中旋舞的小姑娘

一萬隻青蝴蝶
圍著一朵黃花
飄過湖面
浮過草原
飛上山頭
飛下山腳
飛　飛　飛

追 追 追
追什麼呢
追什麼呢
追一個
在陽光花雨中旋舞的小姑娘

這首詩和前一首的感覺
最大的差別在哪裡？

上午小調

走著
一條小小小小的石子路
行過
一排彎彎彎彎的茅草屋
請看
這場一進一退的馬蹄舞
輕踏
那段一板一眼的碎花步
再看
一一打開開開的方窗戶
探出
一列列圓果果果果的紅臉譜

奏著

一組組滴滴滴滴的烏眼珠

亮起

一個喜氣洋洋洋洋喜氣的上午

你覺得這是視覺的小調，

還是聽覺的小調呢？

小小的睡眠

溫溫暖暖的太陽風
呵護著明明亮亮的花園
明明亮亮的花園
呵護著結結實實的房子
結結實實的房子
呵護著溫溫柔柔的母親
溫溫柔柔軟軟的母親的懷裡
呵護著可可愛愛的小小小小的睡眠

睡眠可以量度嗎？
作者為什麼這樣寫？
詩從室外一步步移入室內，
作者要你怎樣去感覺它？

無憂無慮的落湯雞

小香香
小香香
她就愛、走在雨裡
左啊右啊濺泥漿
她就愛、一步踏出去
大世界裡大世界裡
淋它一身雨
做一隻落湯雞
無憂無慮

小香香
小香香
她就愛、午後偷偷偷偷
把睡眠和衣服全部拋掉

三步兩步衝出大門口
大水池裡大水池裡
踩啊踩啊踩個夠
天公啊！你怎麼不彎下身來
為我們的小香香喝采？

小香香
小香香
她就愛、全身溼它個透
天不管地不管
就怕太陽管
硬把泥漿抽乾
硬把雨兒趕走
就怕媽媽在門口叫喚
「死丫頭！」邊打邊罵
「不知死的又著了寒！」

你有沒有做過無憂無慮的落湯雞，
像小香香一樣？
雨天的時候，
你想不想也去踩泥漿？

水田上

水田上
一片高
一片低
一片長
一片短的
鏡子
把火辣辣的太陽
化作

舒舒服服的溫暖
把那梳著兩根辮子的小小姑娘啊
照得新娘子一樣
歡喜的紅潤
滿身的清香
在一片高
一片低
一片長
一片短的
水田上

你有沒有看過水田的鏡子呢？
你有沒有在鏡子裡看到
那梳著兩根辮子的小小姑娘呢？
你有沒有在鏡子裡看到
一個騎在牛背上吹著橫簫的放牛童呢？
你還看到些什麼？
想想看。寫寫看。

布匹

麥田
在陽光的晒染下成熟
一匹匹
金黃閃爍的布
伸展入
燃燒的天邊裡

「一匹匹／金黃閃爍的布」，
這是什麼季節？
在什麼地方可以看到？

千千萬萬個小太陽

青色的浪
趕著
白色的浪
趕著
藍色的浪
趕著
紫色的浪
水的筋絡
把大海
網成
千千萬萬個小太陽

浪有多少種顏色？
為什麼有這些不同的顏色？
水有筋絡嗎？

無聲的鳴唱

一隻翠藍的鳥
唰的一聲
從參天的樹頂衝飛下來

而進入一方深綠的
畫布裡
鳴唱一首
永不停息的
無聲的歌

鳴唱都是有聲的，
為什麼作者說「無聲的鳴唱」，
而且還是永不停息的歌呢？

給我一塊大橡皮

什麼時候
天空被塗得
這樣厚厚
厚厚的一片
棉襖一樣厚的
厚厚的一片
鉛灰色
鼠灰色

壓得天也喘不過氣來
壓得我也喘不過氣來
快給我一塊橡皮
一塊大橡皮
讓我把鉛灰色
鼠灰色
一一擦掉
好讓我們再一次
看見藍天
看見太陽

對著被塗得厚厚的天空，
你的感覺如何？
你有過怎樣的想望？

什麼最大？

什麼最大？
哥哥的頭最大
哥哥的頭哪比石頭大
石頭哪比山頭大
山頭哪比地球大
地球哪比天空大
天空最大
天空怎樣大？
拿望遠鏡看看，拿尺量量
沒有邊緣
沒有尺寸
天空就是這樣大

什麼最小？

弟弟最小

弟弟的腳哪比鳥兒的腳小

鳥兒的腳哪比蚱蜢的腳小

蚱蜢的腳哪比螞蟻的腳小

螞蟻的腳哪比微生物的腳小

微生物的腳最小

微生物的腳怎樣小？

拿顯微鏡看看，拿尺量量

沒有蹤影

沒有毫釐

微生物的腳就是那樣小

大大小小
小小大大
不能知的大
不能知的小
叫做沒有大沒有小
沒有大沒有小
就是我生下來時的世界
大大小小
小小大大
算過來算過去
量來量去
好麻煩啊
大大小小
小小大大

算不完
量不盡
好麻煩啊
都是你們大人惹的禍
都是你們大人惹的禍啊
大大小小
小小大大
什麼最大？
什麼最小？
……

作者說：「大大小小」
都是大人惹出來的禍，
孩子們，你們覺得呢？

弟弟的生日

水鳥
打起一池塘的水
白雲
移動著天空
山風
穿梳穿梳著花草樹木
果子們
靜靜的
灑得一地的金黃

弟弟生日那一天，
有些什麼活動，
你可記得？
試和作者的描述比較比較。

溶溶的夕陽

溶溶的夕陽
把天邊染成一片紅黃後
原野上的麥稈堆
便一一在溶液裡
急促變色
才一分鐘啊
紅黃變為深紅
變為紫紅、赭紅、深紫
變為墨藍、墨紫、赭黑
直至
麥稈堆起伏的影子
一同在黑暗裡瞬息沉沒

你一定看過不少的夕陽，
也一定在許多不同的地方
看過不少的夕陽，
你要不要也試試按照色澤的變化，
一一寫出來？

夜的降臨

落日的大圓
燒紅在天邊
當大圓切著地面的時候
大圓裡
出現了一個小黑點
牽連著一個四倍大的大黑點
慢慢的移動著
不，還走著，跳著
走著跳著
小黑點這樣走著走走走走出一個小孩子來

走著跳著
揮著一支新折的甘蔗尾
在後面的黑點
搖搖晃晃
也這樣走著走走走走出一條黑色大水牛來
當燒紅的大圓沉入地面
當孩子和水牛走出大圓
夜正式宣布降臨了

也是寫夕陽的詩，
你要在什麼地方
才可以看見這樣一個景象？
在別的地方，
譬如在海邊，
你也許會看到
非常不同的景象，
試著從你記憶中找找看。

網星

你拿一個小魚網
我拿一個小魚網
你和我
乘上一條
晶光冰白的小船
駛入黑夜裡
駛入銀河裡
你撈一把星
我撈一把星
然後把它們一一灑入
沒有星星的天空裡

把夜空變得小船一樣的晶光冰白
把黑色的世界全然點亮

給你一個小魚網，
你要撈一些什麼呢？
撈到了以後，
你又想做些什麼呢？

一根扁擔

——孩子們的城市之一

一根扁擔
挑著兩桶星星

在黑夜裡
為我照著回家的路
搖搖蕩蕩
不料
星星跳在桶外
變成滿田亂跳亂叫的牛蛙
吵死人了
我趕緊把它們捉回桶內
蓋起來
我寧願在夜裡靜靜的摸著路回去

一根扁擔
挑著兩桶星星
為我照著回家的路
搖搖蕩蕩
不料
右面一桶星星
跳出來
變成滿牆滿窗的霓虹燈
閃著令我頭暈眼花的顏色和光
一路爭吵到天邊
左面一桶星星
也跳出來
變成滿街滿巷的
幢幢疊疊的黑影
豹的黑影

虎的黑影
帶著眼罩的
亮著眼睛的
在那裡衝刺
在那裡咆哮
那麼多啊
那麼亂
教我如何把它們捉回桶內啊
教我如何把它們捉回桶內啊

你曾在夜裡看過、聽過
滿田亂跳亂叫的牛蛙嗎？
你知道要在怎樣的夜裡才有這樣的情況？
你在城市的夜裡看到、聽到些什麼？
寫寫看。

清清與純純的星期日

——孩子們的城市之二

清清與純純
他們一大清早

把全城的車子
都調到城外
停泊在墳地上

清清與純純
他們一大清早
把大棵大棵的棕櫚
夾道的綠噴泉
種得滿街滿巷

清清與純純
他們一大清早
把全城的招牌拆下
然後掛上海棠花
淡紅淡紫入雲間

清清與純純
他們一大清早
高舉巨大的三稜鏡
把陽光折射
把灰色的大樓
抹個紅橙黃綠藍靛紫
然後
把彩雲引進
繞著高樓
打幾個漂亮的領結
然後
給它們戴上
闊邊帽鴨舌帽
清清與純純
他們一大清早

喚來喜鵲
喚來水鳥
喚來獅虎熊豹
喚來龍馬牛羊
叫他們
靜待　指揮棒的揮動

清清與純純
他們一大清早
喇叭手拿著喇叭
鼓手拿著鼓
提琴手拿著提琴
鈸手張著鈸
叫他們
靜待　指揮棒的揮動

靜待
銅鑼一響
大人們從疲倦中躍起
大人們從酒醉中躍起
大人們從憔悴中躍起
大人們從網結中躍起
傾湧到大街上
去聽
孩子們的管弦樂
去聽
鳥獸們的和聲
在這
清清與純純的星期日

清清和純純在星期日忙些什麼？
他們為什麼要這樣做？

箭和靶

——孩子們的城市之三

我們小孩子
喜歡畫一個圓
做靶子
折些樹枝
做弓做箭
設法把它射中
射中就是中就是正
大家都這樣說
爸爸叔叔伯伯們
也喜歡畫一個圓
只是那個圓是看不見的
他們不折樹枝做弓做箭

卻把自己的身體
往那隱形的圓那裡衝
因為射中就是中射中就是正
大家都這樣說

你們折過樹枝做弓箭的遊戲嗎？
你看大人們玩的是什麼遊戲？

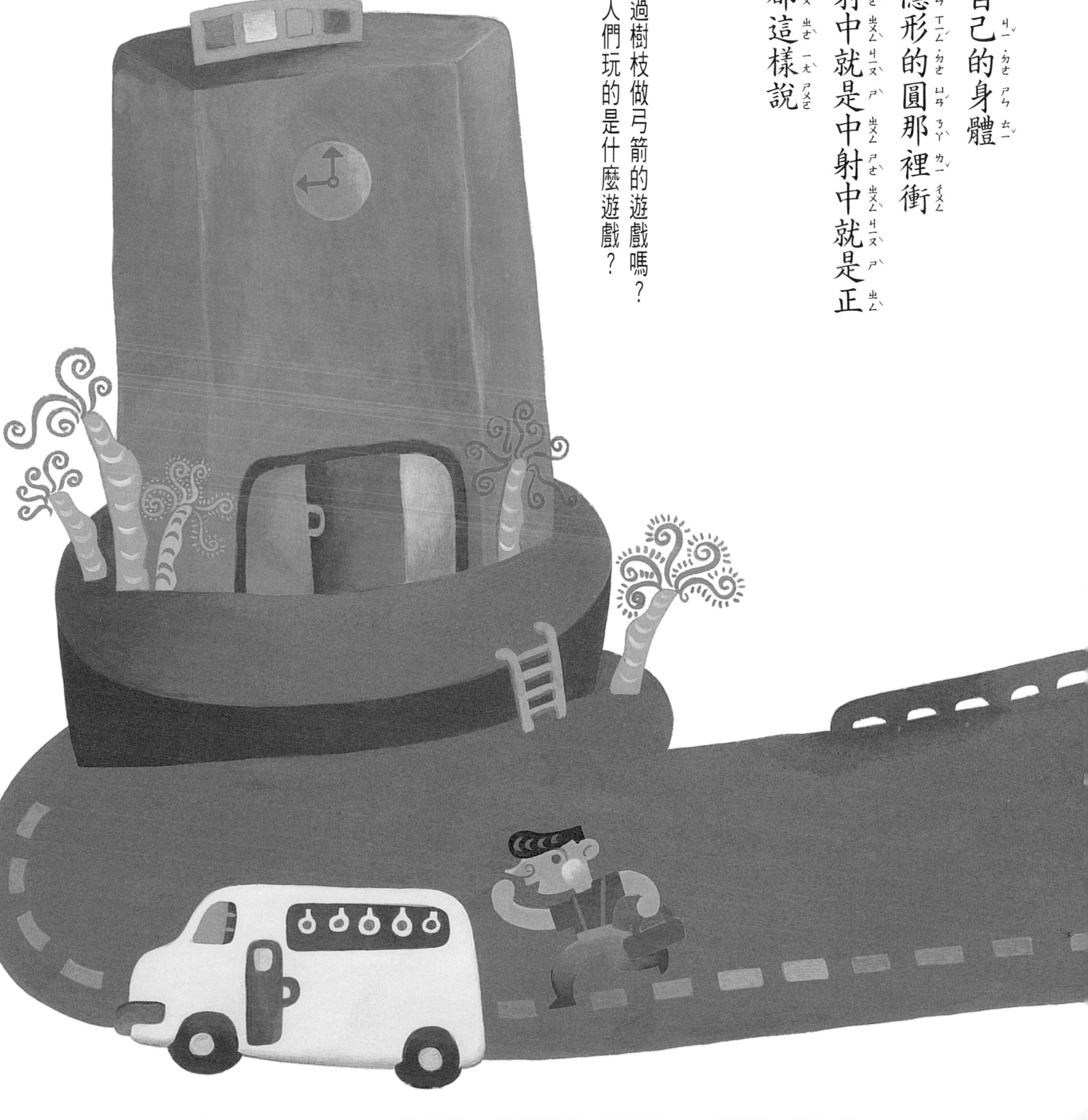

吸水的海綿

我多希望
我的記性
像吸水的海綿
把日日月月年年
學校裡、報紙上、公共電視上的
沉重的知識、新聞、資訊
一下子
完全吸收
把腦子裡的黃梅雨
一抹而光
好讓我小小的心靈得以
重見天日

你們也有過知識沉重的感覺嗎？

寫詩的人

對一般讀者而言，葉維廉這個名字經常喚起這樣的聯想：嚴肅深刻、中西貫通的學者，或沉鬱的詩人。

很多人一定以為他是板起面孔、有板有眼的人。殊不知他在大學裡卻經常打破常規，帶學生到樹林裡、到海邊去上課，引發他們吟唱試驗、即興成舞、啞劇表達、即興寫詩、畫石成曲、因象成畫等等，朋友們都驚異他另一面的「活潑」。

他的童詩，包括《孩子的季節》和《樹媽媽》及《網一把星》，也是要透過其中事件如畫的戲劇的演出，利用音樂音色和律動的推動，激發孩子們釋放潛藏在他們心中活活潑潑的想像，和可以自由飛翔的心靈空間。

畫畫的人

朱美靜

有著甜美笑容的美靜，朋友們都暱稱她「珠珠」；原本學化工的她，在一個偶然的機會踏上了畫畫的路：

有一天珠珠在街上走著、逛著，忽然看見一道彩虹從窗口射出來，珠珠張大眼睛，好奇地跟著彩虹的光芒，不知不覺地走進了一間色彩繽紛的教室，她看見彩虹的盡頭，有隻藍色的鳥停在那兒望著她，並對她說：「來和我一塊玩吧！」在它藍色的眼中，珠珠看到了快樂，於是她拿起筆來，開始塗鴉，開始回憶，開始跟自己說話。經過數年以後，珠珠對著藍鳥說：「原來，畫畫可以如此地自由自在。」

珠珠目前是「圖畫書俱樂部」中的一員，每年她都會有固定的作品展出。